诗意宕渠

渠县首届原创诗歌诗词会获奖作品选

渠县首届原创诗歌诗词会大赛组委会 编

成都时代出版社
CHENGDU TIMES PRESS

图书在版编目（CIP）数据

诗意宕渠：渠县首届原创诗歌诗词会获奖作品选 / 渠县首届原创诗歌诗词会大赛组委会编 . -- 成都：成都时代出版社，2024.1

ISBN 978-7-5464-3347-9

Ⅰ．①诗… Ⅱ．①渠… Ⅲ．①诗集－中国－当代 Ⅳ．① I227

中国国家版本馆 CIP 数据核字（2023）第 238892 号

诗意宕渠：渠县首届原创诗歌诗词会获奖作品选

SHIYI DANGQU QU XIAN SHOUJIE YUANCHUANG SHIGESHICIHUI HUOJIANG ZUOPINXUAN

渠县首届原创诗歌诗词会大赛组委会　编

出 品 人　　达　海
责任编辑　　李卫平
责任校对　　张　巧
责任印制　　黄　鑫　陈淑雨
书籍设计　　成都惟文文化传播有限公司

出版发行　　成都时代出版社
电　　话　　（028）86742352（编辑部）
　　　　　　（028）86615250（发行部）
印　　刷　　成都市昇华印务有限公司
规　　格　　155mm×230mm
印　　张　　9
字　　数　　80千字
版　　次　　2024年1月第1版
印　　次　　2024年1月第1次印刷
书　　号　　ISBN 978-7-5464-3347-9
定　　价　　68.00元

编委会

赛事终审评委

"少年新说"赛事

(一) 现代诗歌组

曹纪祖：中国作家协会会员、四川省诗歌学会会长

安　琪：中国作家协会会员、作家网编辑部主任

李自国：中国作家协会会员、《四川诗人》微刊主编

龙　克：中国诗歌学会理事、巴山文学院院长

许　强：中国作家协会会员

(二) 传统诗词组

凌泽欣：中华诗词学会顾问、《中华辞赋》编委

孙和平：四川省诗词协会会长

安全东：中华诗词学会会员、巴山诗社社长

陈少杰：诗人、诗评家

杜　均：《蜀韵》诗刊主编

"巴赛游记""丰收欢歌"合并赛事

(一) 现代诗歌组

龚学敏：中国诗歌学会副会长、《星星》诗刊主编

敬文东：中国作家协会会员、中国民族大学博士生导师

周占林：中国作家协会会员、中诗网主编

彭惊宇：中国作家协会会员，《绿风》诗刊社社长、主编

熊　焱：中国作家协会会员，《青年作家》《草堂》执行主编

(二) 传统诗词组

星　汉：新疆诗词学会会长、新疆师范大学教授

杨逸明：中华诗词学会顾问、上海诗词学会副会长

熊东遨：《中华诗词》编委、湖南诗词协会副会长

刘道平：中华诗词学会常务理事兼创作专委会主任、《岷峨诗稿》社长

邓建秋：四川诗词协会副会长、《岷峨诗稿》副主编

前　言

　　诗言志，歌永言。文化是一个民族最基本最深沉最持久的力量，而诗歌则是漫漫文化长河中分外璀璨的那颗明珠。

　　渠县，一块诗歌的厚土。李白曾在此挥毫泼墨，元稹曾驻足流连忘返，杨牧"边塞诗"振聋发聩，周啸天《将进茶》摘得鲁奖，还有传承千年的竹枝词弦歌不辍、迸发新声……

　　为展现渠县"中国诗歌之乡""中华诗词之乡"煌煌风采，加快"全国巴文化探源融合创新发展高地""文明时尚创意之城"建设，擦亮"阙里宾都·忘忧渠县"文旅品牌，进一步提升渠县美誉度和影响力，2022年2月，由中共渠县县委、渠县人民政府主办的"诗意宕渠·创意未来"渠县首届原创诗歌诗词会大赛拉开帷幕。

　　本次大赛贯穿全年，分为"少年新说""巴宾游记""丰收欢歌"三个主题阶段进行，面向全国诗歌诗词爱好者征稿。其中"少年新说"征稿对象为青少年作者，"巴宾游记""丰收欢歌"征稿对象为成年作者。赛事开展以来，共收到全国各地参赛稿件2331件，经专家评审、网络投票、社会公示，评选出青少年组现代诗歌、传统诗词获奖作品各12件，成人组现代诗歌、传统诗词获奖作品各12件。最佳人气奖2件，系“巴賨游记”“丰收欢歌”合并赛事入围作品网络公投评选，现代诗歌、传统诗词各1件。

大赛聘请国内知名诗人、评论家作为评委，认真评选参赛作品。对获奖作品进行了基层文化展演，并于2023年3月举行了隆重的颁奖仪式，得到中央电视台、新华网、作家网、中诗网、腾讯网、封面新闻、《四川经济日报》《达州日报》等全国100多家主流媒体关注。此举体现了赛事的权威性、专业性、公正性、公开性，形成了读诗、品诗、爱诗、写诗的浓厚文化氛围，丰富了人民群众的精神文化生活，培树了优秀诗歌诗词创作人才，增强了渠县对外文化传播与交流。

文苑坛上花千放，诗情最是动人心。为展现诗歌诗词魅力，汇聚更多文化力量，大赛组委会将所有获奖作品结集出版，以飨读者。翻开这本诗集，您或许能从“少年新说”中聆听到清越的雏凤之声，从“巴賨游记”中追寻到厚重的历史跫音，从“丰收欢歌”中触摸到跃动的时代脉搏……

愿诗歌温暖岁月、美好生活、蕴藉力量、照亮梦想！

编委会

2023年3月

目　录

传统诗词组·一等奖

传统诗词组·二等奖

传统诗词组·三等奖

传统诗词组·优秀奖

"巴赏游记" "丰收欢歌" 合并赛事

现代诗歌组·一等奖

现代诗歌组·二等奖

现代诗歌组·三等奖

现代诗歌组·优秀奖

01

少年新说

赛事

赛人之约（组诗）

◆ 涂秦浩（四川）

涂秦浩，大竹县中学 2019 级 11 班学生。

1

大鼓震天响　　土地与江河一齐欢笑

夜晚以篝火和歌舞为食

歌是山林的歌　　千人唱万人和

舞是江河的舞　　是一千颗心脏搏动的总和

先祖在此地以血与清酒立约

纹蛇的铜柱见证先祖的盟约——

以双脚供奉泥土　　土地应允

以双手供奉山林　　山林应允

以嘴和心脏供奉江河　　江河应允

我们唱歌跳舞　　千人唱万人舞

歌声在空中飞翔

脚掌与手臂笑个开怀

2

江水酿的呷酒灌进嘴里

饮酒的人成了渠江的支流

江水不停奔流

流过无数个烽烟弥漫的春与秋

熊熊的火吞没一个个将相王侯

却烧不枯那渠江支流

竖起耳朵听吧　听那烧不坏的大鼓

听那《竹枝》悠悠

睁开眼睛看吧　看那昼夜不停的歌舞

看那江水奔流

铜柱不再而约定依旧

我们敲着大鼓

在江水的血管里歌舞　饮酒

3

森林是古国的墓志铭

腐蚀于泥土的铜柱上刻着——

"立约于千年前的盆地"

寄生着森林的山脉是古老英雄的战马

他们乘此马开辟沃野千里

他们从江水里拾起火炬

再以此点燃燔火

他们负盾执戈　　是蛇神的子民

他们在盆地射杀白虎

他们在平原击败仇敌

板楯是他们的骨头　　铜戈是他们的勇气

他们用骨头保护土地　　用勇气保护自己

他们倚歌而舞　　使血肉与土地结成姻亲

他们活着

活在伐纣的战鼓声里　　活在《山海经》里

活在宋玉的辞赋里　　活在刘邦的耳道里

活在贡给咸阳的铜钱和麻布里

活在竹片所制的典籍与一千根铜柱里

4

隆隆鼓声穿过地层　　穿过两千年岁月的帷幔

穿过田野上的高粱与黄花

穿过陶瓮里咂酒的氤氲

古国渡江而来　鼓声充满他的衣袖

扎根地底的骨头再次生长

挂果于渠江的枝头

古国的血液与江水流淌在橘瓣里

果酸侵蚀行人的牙齿，留下古国的文字：

"曾闪耀于千年前的盆地"

5

时间、泥土和千年的树根将古城

制成木乃伊　时隔千年

未见天日

土地上的人们听从竹简的指引

以小铲和耐心将古城复活

荒城上蜿蜒的古老文字

是一个古老氏族留存不多的印迹

天有二日　是昨天的太阳再次升起

"少年新说"赛事

我们在一座荒城中读到

一个氏族曾射虎杀敌

在渠江与巴河之岸，应有他们的足迹

还有一个名叫夕仲的男子与黄花的爱情

还有他们的大鼓与歌舞

还有他们用板楯与血肉换来的"赉人"的美名

6

同住这片土地的先人哪

后来者谨记你们立下的誓约：

"以双脚供奉泥土　土地应允"

"以双手供奉山林　山林应允"

"以嘴和心脏供奉江河　江河应允"

渠江横流千年　山脉成了高粱地

同饮一江水，共用一块地

我们看到舞姿崩天裂地

我们听到鼓声踏江而来

浩浩的渠江分娩出一轮新生的太阳

——我们所有人都是目睹者

诗意宕渠

——渠县首届原创诗歌诗词会获奖作品选

渠江清如许（组诗）

◆ 陈河霖（四川）

陈河霖，大竹县中学 2019 级 11 班学生。

1

在封闭的湿润的盆地

低洼处的稻谷

已酿成回甘的啤酒

沁入山冈的骨髓里

这里道道山脊微醺

开始骚动

吞入春色

呼出眉眼动人的线条

一呼一吸

秀出一个渠乡

2

古国的钟声开始回响

东方的斯巴达人

勇猛如虎

他们赶着羊，和钟声一起出发

寻找秋天眷恋过的土地

夕仲手牵度灵

情歌回荡在黄花丛中

流淌在竹丝里

刻在风上的爱情

撞入温柔的臂弯里

3

賨人也是龙的孩子呀

他们骑在蛇背上，征战远方

用石斧、板楯

守着黄花微笑的脸庞

以及忘忧的姑娘

诗意宕渠

——渠县首届原创诗歌诗词会获奖作品选

4

风带着我

亲吻每一座岩石和山峦

奔流的江水告诉我

赛人曾在这里

敲动万里山河

响彻空谷的是山石的咆哮

在激昂之后

将跳动的心脏叫作太阳

他们曾躺在黄昏的稻香中

在暮色里

期盼春天的江水

从浪花中蹦出新鲜的希望

5

请放出自由

他们曾在情义中发芽

钻出土壤

没有一点声响

仍漫步在我的心上

当嘉陵江搁浅在这里

情郎正唱着

杨柳青青

唯有江水平平

州河用十指拨开

巴人的心门

念着北客归去

青痕成了绿色的门帘

这里的篱笆在雨后

倾听水珠在远方的故事

他在这里睡了很久

跑了很远

才在露珠里找到眼睛

朝霞给了他一颗发光的心

6

看见了吗?

河道里流淌的不只是赛人的坚毅

还有他们的愁思和残存的温情

诗意宕渠——渠县首届原创诗歌诗词会获奖作品选

雨啊，请别再哭泣

因为人们不曾忘记

毕竟

有清风和你

艰难地爱着这里

7

把赛人的勇气

植进孩子梦想的土地

古赛的钟声给予他们洗礼

让他们在山河画卷里

砥砺前行

故乡的血脉

◆ 杨翰林（四川）

杨翰林，成都外国语学校高新校区 2021 级 9 班学生。

父亲说

他的家乡就是我的故乡

他带着我用脚步在大地上

绘制他儿时的版图

此时，麦穗正顶着金色的芒

嫩豌豆也灌满了汁

我只顾横卧在麦田里

让春风拂过我的胸膛

横亘的大巴山伸进了

我的脊梁

一条渠江缓缓流过

那声音和我的脉搏

诗意宕渠

——渠县首届原创诗歌诗词会获奖作品选

十分亲近

我穿行在忘忧草的田垄
阳光跌倒成了满地的鱼
甲片四散，波光粼粼
唱一首八濛山的战歌
少年热血沸腾
我必须顺江而行
奔向星辰大海
袅袅的炊烟
是祖母对远行人的叮嘱
我知道
故乡的种子终会发芽
它的根扎在心底
花落花开，果核落地
只有泥土会和它一生亲近

宕渠的味道

◆ 邓一凌（四川）

邓一凌，渠县第一小学学生。

我有一双千里眼，
看得到临巴的七彩湖，
看得到土溪的汉阙，
看得到三汇的白塔。

我有一对顺风耳，
听得见赛人谷山泉的流淌，
听得见大神山树林欢快的鸟鸣，
听得见远古渠江纤夫的号子。

我有一个通灵鼻，
闻得到千年汉碑酒的醇香，

闻得到妩媚黄花的清香，
闻得到红红柑橘的甜香。

我有一支马良的神笔，
画得出新市春天缤纷桃花，
画得出柏林水库夏天翠绿荷叶，
画得出卷硐冬天皑皑白雪，
……

我还有
爱我家乡的赤子心！

夜聊（外二首）

——送给妈妈

◆ 李思琪（广东）

李思琪，深圳科学高中高一（34）班学生。

好吧，我承认

这几个晚上，我是有预谋的

我故意拖着不肯睡觉

就是为了拉着你陪我聊天

我们并排躺在床上，头挨着头

路灯透过玻璃窗，微光照在我们脸上

你的眼睛里偶有星子闪过

印着我的满心欢喜

你总喜欢把声音压得很低

我也学你的样子，把话语送到你的耳朵旁

我们聊过往，聊当下，也聊未来

想说的话总是很多

可以不做任何思考，可以没有任何章程

想到什么就说什么，思维不停，话题不止

聊到一个节点，一起去会周公

醒来后都不再提，带着这种情绪走过白天

到了晚上，又以同样的姿势躺在床上

接着前一天晚上的话题，继续聊

我想，我们就是在拍连续剧

白天是我们各自采风、创作的时间

晚上是我们交流、校验的时候

我们畅所欲言，相互调侃也相互指正

只为了把所有细节涂上我们都喜欢的色彩

也为了把这部连续剧一直拍下去

文　字

从我站在纸上的那一刻起

我就知道，我要做自己

我不会要求所有人都欣赏我

这是谁都无法做到的事

人家会怎样说，跟我没有丝毫关系

我根本不会在意他们的想法

我更不会左右人家的喜好

我的去向也只能由我自己决定

我一直都知道，非常清楚

我要做的始终就只有一件事

那便是凭着自己的意愿

去往自己想去的地方

当我迈步，我便屏蔽了一切事物

只有自己的思绪可以飞扬

填满我到达的每个角落

抬头挺胸，伸展四肢

我要拼出自己最美的姿态

努力往每一条脉络里

注入我的心血，我的灵魂

如此，即可！

致哥哥

时间，是最狡猾的家伙

在带给我们一些东西的同时

总会顺走更多的东西

诗意宕渠

——渠县首届原创诗歌诗词会获奖作品选

从来都不肯吃半点亏

在我的记忆中还是往时模样

打闹争吵，此时想来仍生动有趣

你却已背起行囊，去往远方

来不及带上我的诗歌

我的祝福亦未能说出口

从此，我就爱上那身迷彩

无论何时何地遇到，总要多瞄几眼

想到你亦是其中一员，就心生自豪

你曾埋怨，在我的文字里

鲜少能见到你的身影

这确实是个糟糕的事情

在今天，我将心事尽付明月

托其捎去我的祝福和诗歌

我坚信，哪怕隔着几千公里

那声"哥哥，节日快乐！"

仍会清脆如昔

此时的你，必然亦在仰望星空

如此，我们亦是在明月下团圆了

梨花读书郎（外一首）

◆ 燕文希（四川）

燕文希，广安市希望小学四年级学生。

梨园的梨花开了，
叫来了读书郎。
梨花一瓣瓣，落进他的作业本。
少年一笔笔，蘸着阳光描绘诗情。

他要读书，他要去远方，
湖上的花瓣，是载满梦想的一只只小船，
梦想开满前路枝头。

琅琅的读书声，
终会结成一只只，
甘甜多汁的果子。

诗意宕渠——渠县首届原创诗歌诗词会获奖作品选

苦花椒·甜花椒

青春的梦想，

结出青花椒。

人们口中，

是那么麻、香、爆。

孩子眼里，

是快乐、可爱、甜蜜。

农民世界，

一颗颗花椒，

一滴滴汗水，

蕴含他们的梦想。

花椒是农民的苦、

小朋友们的甜、

渠县人又麻又香的希望。

少年不言愁

◆ 张晓楼（辽宁）

张晓楼，大连市中山区培根学校三年级 4 班学生。

万物生。光明是一个壮阔又慷慨的词语
我看着一粒种子盛大地萌发
泥土就是光明的
我看着一场雨滋润新生的植物
天空就是光明的
我看着星河旋转在人生
我的瞳孔就是光明的

我看着国旗升起，风吹着大雁归来
用一首歌，唱出内心深处辽阔的色彩

历史与中华民族同在，复兴之路与人民同在

诗意宕渠——渠县首届原创诗歌诗词会获奖作品选

我曾试着追逐一条木船

追溯黄河的源头，时间的起点

追溯一尾鱼跳跃

龙门。重现当年的峥嵘岁月

过去的铿锵，未来的理想

尽在燎原的星光里

红色的旗帜迎着太阳，如同一场盛大的交响乐

迎来了开场。我只是静静站着

也能感受到，思想与世界在碰撞，在点燃熊熊的火焰

而我的心跳，越来越充满力量

就像飞鸟，展开翅膀，直上云霄

少年历程

◆ 鲍浩天（河北）

鲍浩天，石家庄市藁城区张家庄镇鲍家庄村人。

十四岁

我自命不凡

以为世界总是围绕着我转

我是那童话中的骑士

是那天生的主角

是将来会改变世界的伟人

那时的我

总是卖弄自己肚子里浅浅的一层墨水

会因为和别人意见不同而争个面红耳赤

会因为老师和家长的责骂而愤慨不已

会因为别人的称赞而沾沾自喜

十五岁

我的心态发生改变

我渐渐发现自己不是骑士

不是主角

我只是芸芸众生中的一员

地球没了我照样会转

时间不会因为我而停留

哪怕一秒

我开始了沉寂

不再自命不凡

不再故作姿态斗唇合舌

十六岁

我陷入了自我怀疑

我认为自己

是那一事无成的失败者

是那电影中的反派龙套

是那不可回收的垃圾

周围充满了窃窃私语

我看谁的目光都像是质疑

滋生出的负面情绪

像是数条锁链将我拉进谷底

黑暗将我笼罩

我感到恐惧

我将自己关在屋里

开始了自我放弃

十七岁

我渐渐走出了谷底

我开始自问

为什么不试试改变自己

我开始向往太阳和光明

我想成为长江上翱翔的云鹰

我想成为那浴火重生的不死鸟

我想看遍世间一切的美好

我扯碎了那些枷锁

脸上不再露出胆怯

我开始直面自己曾经的恐惧

曾经不敢面对的现在都将成为我浴火重生的养分

我想让父母看我时的眼中带光

我想让世界存下一些我的痕迹

我想让国家欣欣向荣

可这一切都需要自己努力

我开始发力

我不停地看书学习

这一切不仅仅为了这些

更是为了

改变我自己

向日葵的约定

◆ 唐思妍（四川）

唐思妍，渠县卷硐镇中心校三（2）班学生。

诗意宕渠

——渠县首届原创诗歌诗词会获奖作品选

青青葵园里

我们自由地生长

和煦的微风拂过

我们张开承接露珠的手掌

惬意，清爽

如火的骄阳照耀

我们展开金黄色的花瓣

温暖，舒畅

于是，我们有了一个约定——

一趟、一趟，向着太阳

沿着红领巾指引的道路前进

◆ 喻靖雅（四川）

喻靖雅，渠县第一小学五年级 1 班学生。

爷爷对爸爸说，

小时候的一天，

他站在城关一小的台子上，

辅导员给他脖子上系上红色的三角巾，

对他说，这是红领巾，

是红旗的一角，是用烈士的鲜血染成的。

在红领巾的指引下，

他踏上了建设祖国的征程。

党的事业是他一生的简历。

爸爸对我说，

小时候，在一个叫琊琊小学的地方，

辅导员给他脖子上系上红色的三角巾，

对他说，这是红领巾，

是红旗的一角，是用烈士的鲜血染成的。

爸爸还对我说，

琊琊小学是红岩烈士周志钦生活和战斗过的地方。

为了新中国的诞生，周志钦和战友们一起，

与反动派进行生死斗争，

在重庆渣滓洞面对敌人的酷刑，

他不屈不挠，舍生取义，

为了我们今天的幸福生活，

他倒在胜利的黎明前。

几年前的一天，

我站在爷爷当年入队的地方，

辅导员给我脖子上系上红色的三角巾，

并对我说，这是红领巾，

是红旗的一角，是用烈士的鲜血染成的。

看着胸前的红领巾，

我仿佛看到一团跳动的火焰，

看到红色洪流在奔腾。

从那一天开始，我清楚地知道，

今天我们坐在教室里，孜孜不倦地学习

明天我们将站在建设祖国的行列里，

托起共和国升起的太阳。

中华民族的复兴在我身，

中国的崛起，是我的责任。

从南海到北国，

从喜马拉雅到万里长城，

处处都有我们的身影。

"两个一百年"的中国梦

将一步步实现。

沿着党指引的道路，

举着火红的火炬，

我们将永远前进。

歌"渠"

◆ 罗宥钦（四川）

罗宥钦，渠县第二小学四年级 10 班学生。

清风吹来花雨，
渠江畔荡漾起一首歌曲，
袅袅歌声低诉，
我心里涌出千年画图；

我听到，
破晓时分漫天薄雾，
稚嫩黄花沾满晨露；

我听到，
一双巧手拾起青竹，
辛勤编出精美器物；

我听到，

赛人在火堆旁起舞，

火光映亮半边山谷；

我听到，

古老汉阙屹立乡土，

守护了每一个朝暮；

我听到，

少年将爱国心浇铸，

伟大梦想合力共筑；

绚丽画面一幅幅，

前行道路一步步，

我愿做一个小小音符，

为家乡，

为祖国，

合奏一曲动人的旋律！

我是一缕吹城风

◆ 张海萍（四川）

张海萍，渠县崇德学校高一学生。

我是一缕风

一缕从殷商时代吹来的风

悄悄地

爬上那苍老的黄桷树

眺望无尽的远方

我看见那扬起的黄沙

我听见那嘶鸣的战马

我是一缕风

一缕吹过賨都古阙的风

悠悠地

看那屹立千年的沈府君阙

望那巍然耸立的三汇白塔

观那历经风霜的宕渠文庙

这是风吹过留下的记忆

我是一缕风

一缕吹过清水渠江的风

轻轻地

攀上那红梁立桥的顶端

遥望金红的西方

我看见余晖下黝黑的脸庞

我瞧见稻田里金黄的稻穗

我是一缕风

一缕吹过六月黄花的风

不小心吹漏了日光

洒满你的心房

你含羞亭亭玉立

不需要美丽的表象

只爱你朴实的味道

我是一缕风

一缕吹城的东风

吹得树叶沙沙作响

吹得桂花十里飘香

吹得红领巾轻扫胸膛

却吹不变

百年共青的信仰

水调歌头·怀雄（外一首）

◆ 张知智（上海）

张知智，同济第一附属中学学生。

风月一壶酒，山海几番秋？

犹闻鼙鼓雷动，丹血染卢沟。

北望中原怒士，遥想烽烟故梦，拱木殓骷髅。

万古英雄色，熔日大江流。

扫穷寇，平戎策，镇神州。

红旗漫卷，星月灼耀照吴钩。

且看苍龙抬首，鳞甲光生北斗，何作远人愁？

谈笑斜阳下，登上最高楼。

共　勉

万马齐喑我为先，

青灯照影笔三千。

寒窗彻夜喧风雨，

诗酒前程敬少年。

与友共勉

◆ 韩　迟（甘肃）

韩迟，天水市甘谷县新兴镇学校学生。

我自青云上，君才亦俊豪。

文章如有价，风度绝云涛。

笔落江天迥，心超海岳高。

平生千万事，不负圣贤袍。

咏红色渠县纪念园

◆ 郑博文（四川）

郑博文，渠县合力镇第一学校学生。

遍地鲜花四月红，
青松肃立守英雄。
如无烈士牺牲志，
哪得三春和煦风。

满江红·颂共青团

◆ 钟济桓（广东）

钟济桓，佛山市禅城区深村小学学生。

伫望团旗，金星耀、风声猎猎。崇厚德、暖阳腾沸，满腔热血。大义襟怀歌壮烈，少年志向书高洁。有多少、青史永昭铭，虔诚谒。

传情报，身急切。巡哨所，心明察。记儿童抗日，锐刚如铁。爱国忠诚真意撷，从军飒沓英姿发。今朝又、立誓美神州，山河悦。

（依龙榆生词谱：岳飞怒发冲冠）

梦回宕渠吟游行

◆ 贾奕韬（四川）

贾奕韬，广州市越秀区高中学生。

夜见珠水转，却思渠江流。

平昌南会广安北，华蓥西侧川峡东。

汉阙巍巍黄花束，呷酒对饮彩亭舞。

欲之思抖起，心悸动，一恍照月賨谷中。

神犬啸山诡瀑鸣，幽峡秀湍龙影踪。

石狂斜映前人影，古栈云梯旧王洞。

天顶开暝光落沐，滴露萤隐寒乐空。

依稀周武灭商音，前歌后舞临阵挈。

锐劲勇，平三秦，高祖谓之伐纣歌。

功壮范三侯，富贵不返，锦衣夜游。

桓侯乘运立马铭，八濛兵魄阴幽叩。

殷殷细风似低语，雨泣哭诉战苦稠。

肃神走崎路，豁然道醒得山口。

青池兮浮翠叶，烟波兮彻蒙蒙。

潭水深邃底不穿，粼粼波光似鱼龙。

云变气惊竹栗栗，水之作雾眼难穷。

闻林颤，见草折，潜吟化蛟泅。

窥我作长啸，风靡叶穆狂珠簌。

身飞千里不知处，磐岩不见黄花布。

度灵谓我夕仲何处？怔怔兮憔容悴，思兮落花丛。

诀然心痛眼闭，睁目光景巨异。

逝者去，水长流，别时容易归难溯。

逢时当留梦，尽欢无泛愁。

山千古，峡依旧，人代代兮世茫茫。

我叹宕渠多美景，长恨不能随长游。

诗意宕渠

——渠县首届原创诗歌诗词会获奖作品选

六州歌头[①]·有感共青团成立百年

◆ 薛杨昊（上海）

薛杨昊，闵行区高中学生。

尊民循律，世祚自千年。从昔岁，天瞑晦，立豪言，济时艰。五四罢经册，齐问责，慷慨色，严相逼，除国贼，力回天。七月南湖，列座诸先觉，稳泛红船。乍乾坤见曙，鳞爪俱腾渊。少者其幡，共青团。

渐经百载，辟层霭，天地改，更拳拳。经百验，平万难，静烽烟，挽狂澜。稳步中兴道，怀新任，揖先贤。君荡恶，予开拓，梦将圆。会有一朝，共产终实现，幸福人间。纵青颜不再，也告遍黄泉，一晌开颜。

---

① 注：韩元吉体《六州歌头》，平声韵押词林第七部寒删，夹叶仄韵。

新韵七绝·焕阙感怀

◆ 杨思涵（四川）

杨思涵，渠县青龙小学六年级 2 班学生。

浮雕斗拱威名赫，日月亦惊冯焕公。

逾越千年拥大地，历经万难仰霄穹。

鹤冲天·少年吟（新韵）

◆ 徐祎晨（湖北）

徐祎晨，武汉市江岸区高中学生。

青阳淬玉，

驻念将行处。

尽岸柳纷扬，春风度。

感年光恰好，

君莫负，鹏程路。

十二家国护，

握节只影，

衣马吝食荣禄。

玲珑宝辔扬尘土。

冥鸿应展翅，仪穹幕。

且试擎云志，

击信水，拨迷雾。

纵宕乾坤步，

山河如意，

一日揽峰极目。

宕渠新韵

◆ 胡凯源（四川）

胡凯源，成实外渠县校区高 2021 级 1 班学生。

居于汉中南，渠水分两岸。

賨人建古国，距今已千年。

汉阙仍屹立，城坝遗址传。

濛山古战场，不见翼德颜。

中原动荡起，神州世事迁。

一朝雄狮醒，华夏震九寰。

春风入巴蜀，改革迎变迁。

一晃四十年，旧城换新颜。

十年扶贫路，民生大改善。

乡村振兴愿，终朝将梦圆。

民族复兴业，如今咫尺连。

壮哉宕渠人，昂扬天地间。

新韵长相思·龙潭起义

◆ 蒲雨嘉（四川）

蒲雨嘉，渠县青龙小学六年级 2 班学生。

来龙潭，来龙潭。齐聚龙潭为哪般？污浊荡涤完。
换新天，换新天。举义成仁意志坚，忠魂千古传。

诗意宕渠
——渠县首届原创诗歌诗词会获奖作品选

南乡子·共青团成立百年有感

◆ 唐　敖（四川）

唐敖，达州外国语学校高二学生。

焚尽赵家楼，家国凋零岁月愁。
炮火枪声常入梦，悠悠。
江水苍茫滚滚流。

此日看神州，激荡风云誓未休。
志士仁人应不朽，千秋。
绿水青山酹一瓯。

咂　酒

◆ 王大鹏（四川）

王大鹏，渠县清溪中学初一（2）班学生。

望断白云不解愁，
賨都咂酒乐忘忧。
英雄儿女千年饮，
梦逐渠江滚滚流。

02

巴赞游记、丰收欢歌

合并赛事

在渠县，每一寸土地都有古今的心跳

◆ 杜　荣 (四川)

杜荣，笔名马道子，四川大竹人，系中国诗歌学会、四川省作协会员，达州市诗词协会副主席。作品散见于《人民日报》《诗刊》《中国日报》《星星》《四川文学》《绿风》等300余家报刊，获各级奖项多次，作品入选诗歌、散文年选、精选多件。出版《春华秋实》《走过宕渠》《包浆故乡》《阙乡三人行》（合著）等诗集5部。

在渠县，渠江水喝了30多年
每一寸土地都有古今的心跳

————题记

1

在渠县，迈不开石匠
经年的精雕细刻回响时间的苍茫

渠江的浪花，城坝的河沙

草木的足音，清风的脸庞

雨露的沧桑，人间的悲欢

从汉阙侧身而过，汗水荡漾汉的气息

錾子绽放火花，穿越神道

青龙、白虎、玄武、朱雀长啸

猎猎而来，万物灵魂出窍

汉隶飞扬，白云飘飘

七尊阙① 像七个神仙，端坐千年

我虔诚地仰望，听到他们舒缓的心跳

气吞山河

2

叩拜渠县文庙，棂星门② 倚天

石匠的錾子从宋开始，叮叮当当了几百年

---

① 六处七尊汉阙全为全国重点文物保护单位，渠县因此被命名
为中国汉阙之乡。

② 渠县文庙棂星门为全国重点文物保护单位。

安之若素，宫墙万仞

眼前的飞天巨龙，花卉石雕

被雨水浸泡，历史风化

有限的荣光，被槽钢焊接拉长

步入文庙，我正衣净手

随渠县一小的师生吟诵《三字经》，心地澄明

汉字里的国家山河，温热滚烫

3

行走锅顶山，映山花红

红四方面军宣传队员，用錾子一气呵成

巨幅"扩大巩固红色政权"榜书

方方正正，笔笔刚劲

我看见一双双草鞋、一支支火把飞逝而过

石头被地名隐藏，被青草赞美

拒绝平庸，那一场场轰轰烈烈的战斗

大写幸福，一笔一画都透露艰辛

咚咚的心跳，世界不再沉寂

诗意宕渠

——渠县首届原创诗歌诗词会获奖作品选

我要唱一支歌，一支真正的颂歌

剔除虚构的枝丫，让石头也唱起歌来

开出鲜红，让石头的血也燃烧起来

那些炮击过的石头，每一块都回荡着坚毅

红色的锅顶山，石头下面是骨头

骨头上面盛开花朵，它的高度牵引着我们

4

置身渠县，与水无法分离

南阳滩流水不绝，南阳寺碑很薄

一面清澈的镜子，倒映黄花

流畅的章草中，走出风流倜傥的李太白

他打着酒嗝，口中念念有词

一支狼毫龙飞凤舞，忘记了拿走《南阳寺诗》

南阳滩，千只鹤盘旋、扑腾

篆隶楷行草，谁临摹得不差丝毫

我是路人，不去解析来龙去脉

看见渠江里，全是飞翔的鱼

也看见杨牧从这里出发，在西域诗歌拓荒

他的心跳激越，释义了新边塞诗的沃土

5

深秋的夜晚，陪同外地诗友们去金榜园

95 个进士名字在列，我叙述黎錞在眉州与三苏的故事

也说起渠县籍作家王小波，请你原谅

我无力赞美，江边的渠城

目所能及的，是闪烁的灯光

手可摘星辰的高楼，以及不知疲倦的汽车

放纵的江水，不可能冲破堤坝的界限

你已坐化自己的小说章节，散发"黄金白银青铜"①

　金属气息

忘记了在文峰塔上抒怀，文峰山因此少了一句经典语录

面对文峰塔，我只有致敬

以诗歌的名义，选择精美的词汇

对于家乡，是必然的伤害

---

① 黄金白银青铜，指王小波作品"时代三部曲"，即《黄金时代》
《白银时代》《青铜时代》。

诗意宕渠

——渠县首届原创诗歌诗词会获奖作品选

像眼下与商周秦汉唐，间隔着一丛丛巴茅花

深重的露水里，一些汉字将你叫醒

站在起伏的文峰山上，看万家灯火

蛾们展开了薄薄翅羽缓缓起步

好想扔出圆滑的鹅卵石，打破渠江的孤寂

还在观景的人，一定是你怦然心动的人

6

渠江两岸，搅拌机轰鸣

钢筋和水泥无缝衔接，河堤越来越高

赞美声，越来越多

拯救的溪流，越来越明净

像竹编大师刘嘉峰[①] 的手，巧夺天工

我一直在想，找个合适的位置

安抚富足的故乡，让耍锣的声音

缭绕良辰美景，让爱的誓言填满滨河人行道

---

① 竹编大师刘嘉峰发明的刘氏提胎竹编工艺，为国家非物质文
化保护遗产，渠县为中国竹编艺术之乡。

渠县泡在水里，我的余生洒满阳光

在人世斑斓、健康的身体里

溢出酒水，民谣杳杳

我的目光低于草，或者蚂蚁

丰盈的水，怒放阳光的金子

等着你，一起吹奏弹唱欢乐歌谣

我们戒掉伪抒情，纸上江山

泼墨挥毫，一行白鹭上青天

7

阙乡的梦想，里里外外流光溢彩

赉人子孙生生不息，都在潮头昂然屹立

忘不掉的灿烂文明，忧伤已被河水带走

渠水欢歌，县域锦绣①

强县的鼓点吹响，富裕号列车飞驶

美丽渠县，高奏《幸福万年长》②

---

① "阙里赉都，忘忧渠县"是渠县的文旅品牌宣传语。

② "强富美高"是渠县的愿景。

我们的幸福相同，渠水深埋陈年老窖

每时每刻芬芳喷涌，情深谊长

在宕渠 2018 平方公里土地上，每一寸都有古今的心跳

我们一起唱响，恢宏渠江之歌——

"不愿无来唯愿有，但愿渠江化为酒。

浪去浪来喝一口，喝得长江水倒流！"[1]

---

[1] 该句从渠县民谣化出。

古赛人词典（三首）①

◆ 周小娟（湖南）

周小娟，笔名蓝紫，女，一级作家。中国作家协会会员，参加诗刊社第 29 届青春诗会。主要作品有诗集《别处》《低入尘埃》等 4 部；诗论集《疼痛诗学》《绝壁上的攀援》；诗歌摄影集《视觉的诗意》。

汉阙②

石头离开荒野，带着土地的湿润

在凿与锤的击打下，露出阙基的轮廓

接着，是玄鸟与朱雀自碎屑中长出

豢养在泥土中的翅膀

它们自想象和虚无中到来，在一块石头之上

看晨光与夕阳一遍遍涂抹

---

① 此三首诗为《赛人谷》大型组诗选三。

② 在全国现存的 28 座汉阙中，有 6 处 7 座位于渠县土溪镇，占全国汉阙的四分之一，因此渠县有"中国汉阙之乡"之美誉。

诗意宕渠——渠县首届原创诗歌诗词会获奖作品选

身边的屋舍，看战争是怎样

吞噬身边的人群，看他们的躯体

在泥土中腐烂，土地在耕种中

一层层加深他们的饥饿……

这些曾被铭记的历史，如今化作

斑驳的刻痕，只有那枚被群山膜拜的月亮

仍旧不改初衷，继续照耀这一切：

婴儿的哭声缠绕林间升腾的水雾

母亲的嘴里哼着催眠的歌谣

蛙鸣从未停歇，在光影的变幻之下

跃动的生命都走入地层，化成一堆堆枯骨

曾经握凿的手指也化为齑粉

一个人的一生被石头铭记

一个部落的野心被群山收藏

风雪无视石头的隐痛

留下刀刻般的伤痕。抚摸石头上的雕刻

那潜在的寒意深不可触

那是青龙与白虎数千年的孤独

铸就往事的头颅

人间的烟火明明灭灭，缝合朝代的裂缝

他们跋涉、迁徙、传承祖先的美德

他们守卫、抗争、修建一座座堡垒

烽火在数里之外蔓延，杀伐声响彻四野

马蹄踏过路上的水坑

奔向他们的城邦与故国……

这是属于他们的经历，被一尊尊石阙所见证

一部石头的编年史

一座浓缩的微型建筑

人类的历史都以冰凉的鲜血书写

那些斑驳的浮雕，被腐蚀的图案

或许就是该有的形貌

而今，它已是菜地中的废墟

在土溪镇与赵家村，留下

无法修葺的时光

一个古代賨国的故事随着尘土

落在竹简与石头上

随后，车骑城的倒影在光阴中远去

诗意宕渠

——渠县首届原创诗歌诗词会获奖作品选

湮灭的城坝^① 里，只有无法到达的想象

与古寅人静谧的彼岸

飞过的苍鹰在天际发出长啸

唯有汉阙在时间中忍耐

它以沉默与倨傲，把数千年的风霜

呈现给一双双探寻的眼睛

随后又跟着惊飞的鸟隐入遥远的山峦

铁，黑铁

追寻一块陨铁来到地面的踪迹

起自悬崖处的石块

在火焰中流出

三千年前漂浮的弓矢

在博物馆的玻璃柜里仍然传布着

时间迢远的光芒

它带我回到一座茅草屋旁的熔炉

身披兽皮的汉子，将烧红的铁块

---

① 据《四川渠县城坝遗址 2005 年发掘简报》介绍，城坝遗址发掘出众多陶器、青铜与铁。陶器以泥质灰陶为主，含少量夹沙陶。主要有陶罐、陶盆、陶碗、陶瓷、陶壶等器具。

"巴賨游记" "丰收欢歌" 合并赛事

从中取出，投入冷水

气泡冒出的春秋里

藏着泥盆纪的海藻，和岩芯的鱼骨

接下来的捶打声让铁块爆破的生命力

成为弓弩、长戈

和即将来临的冷兵器时代

带着刀斧的寒意

猎取飞禽、走兽和部落的地盘

锋刃的尖利取决于权力和野心

擦亮一块铁就是擦亮它寒光中的暗示

内里密集的元素凝聚成

刀尖上锻造的历史

从耕种了数千年的土地上的

一处古墓中出土

刀柄浸染地底的冷漠和空虚

它不同于我理解的现代铁

铸造原只是一个物理学的概念

而它朝向月光相反的方向进化

从博物馆玻璃柜中的一支箭镞

诗意宕渠

——渠县首届原创诗歌诗词会获奖作品选

到部落边缘的版图上

一个中箭士兵身上流血的伤口

回到另一个士兵肩上的箭筒

前些天他们与其他部族成员一起

与家人挥手，但不是最后的告别

他们荷戟而行的脚步倒退着

回到豆苗柔弱的土地

叶片上的露珠映出锄草的身影

铜，青铜

分解一块矿石，需要火

时间和熔炉

它从内部融化，屈从温度的力量

透析漫长岁月的光照

高温中的秩序重新排列：

坚硬的石头成为灼人的、流动的红色液体

冰凉之后留下更为坚硬的金属

是青铜剑隐约可辨的雏形

石头内部的海浪本没有出路

火帮助它撕开豁口

流向泥模完成的新生

是鼎，是爵，是剑

是石头的灵魂在铁锤下完成一个纵深

尔后又繁星般撒落泥上

一处锈迹就是一个伟大的浓缩

让我们从对一块金属的认识论角度

看见数千年前的生活

一群人朝向脚下的田野进化

如此隐秘的穿越

通过落定的尘埃告诉一场雪

青铜时代里的命运延长线

历史被还原时，石头开口说话

人们用各种仪器检查

探测它从大山深处的岩层

进入熔炉，穿过火焰

在暮光中转动时光倒流的钟摆

它曾携带所有的黑

进入物质变幻的迷宫

诗意宕渠

——渠县首届原创诗歌诗词会获奖作品选

之后在挖掘的古墓中露出青绿

它曾被虔诚地奉上祭台

在升起的青烟中连接缥缈的福祉

他们祭祀、宴飨、征伐……

托起一片青铜器之上的世界

或许历史的另一个维度

可以从器皿的一处花纹出发

和着层层覆盖的尘土

把一个人千百年前活过的痕迹

递送到了今天

宕渠，宕渠（组诗）

◆ 静　水（四川）

静水，本名吴春力，女，渠县人，曾获全国第二届乡土诗歌大赛三等奖、纪念改革开放四十周年诗词大赛二等奖等。诗歌、小说、散文等作品散见于《四川文学》《星星》《四川政协报》《达州日报》等报刊。出版有合著诗集《萝卜青菜》。

黄花是宕渠最动情的表述

如果一定要说到花朵，所有的词性

将朝着金色的方向，荡漾般地

对一朵花追随另一朵花的山岗度以辽阔

这类似于某封情书的表白

最深情的部分，必然是把山川敞开

一群叫黄花的女子

分别被乡俗约定的时辰命名——
"金针早""三月花""宕渠花"……
在天空与大地之间
其中一个将动用拥抱的比喻
把这些花从花的起伏中拉出来
也有可能是从青涩中成熟起来，在妙龄
进行最动情的表述

也不必刻意盛开，动词比春风更适合摇曳
植物奔跑的声音催熟了黄金的名字
在宕渠土壤里自由进出
引领黄花的肤色走在方言指定的大道上
一地赋辞，沃野光芒

人们置身其中，听光阴凝固行走的田野
当风把手伸进蝴蝶的日子里穿行时
黄花的味道正朝着同一个方向种进泥土
每次萌芽都是春与夏眷恋的火种
用村庄的体温沾着草籽儿幸福地飞

把花期挂在时光叙述的清晨
太阳出来，就摘走天空

天空依然明朗，被减裁的部分和大地连成一片
黄花在离开枝头的掌心中徐徐打开一生

宕渠是宕渠浩瀚的星空

宕渠的天空隐藏在那些巨大石头中

一片瓦当活在自己的文字里
高悬了八百年后把身体拴在泥土回家的地方
年迈的风景成为古人
远离氏族命运仍然和氏族紧密相连

那位为父洗冤的将军，从朝廷的背面修补城墙
賨人跟着汉子在屋檐上布置烽火
在家族的基因里开疆拓土，学妇人把粮仓装满
高举着剑矛穿梭往昔
将青铜器攥在手心最深处的城池中
他说他喜欢在朝堂里把自己放得端端正正

他说他每一个部位都适合伸张正义

他说他如果被再次命名还是要叫冯绲

再不济，也要做一片瓦当

把家乡驮在身上，或者，刻在历史透明的屋檐前面

宕渠的星空由此被敲开真相大门

将军和他的父亲在时间的余光中被刻进了石头

长成了用鸟声清洗过的墓阙

那是古国最后的抒情

我想专程去一趟东汉，在春日的舒展和最后定性的

文字里拜谒故人

从宕渠抵达东汉，隔着辽阔星空

从东汉到宕渠，却只是一片瓦砾的距离

从将军把故乡刻在瓦当上那一刻开始

他的国家正从车辙里打马而过

阙里宾都从此坐落在巴蜀沸腾的血液里

幽州刺史化为句号与天空擦肩而过

如果一定要说到沉寂和崛起，说到历史和现在
我正好与那一片浩瀚星空不谋而合

渠江是祖先未竟的事业

岸边，有人在余晖下撒网
学祖先退出世俗，听来自远方的声音
长江禁捕很多年了
他们只是情不自禁地重复虚无动作
如同经过渠江琐碎的过往并停下来频频眺望

我的掌心有江河永生的痕印
无数纤夫攀崖前行
"嗨哟嗨哟"的号子声已记不清来自我的体内
还是讨生活的先辈
用方言说出的话挂在船帆白色的布景中
从一个地方到另一个地方

文峰塔比姥爷还年轻力壮
他们各自活成了自己的里程碑

诗意宕渠

——渠县首届原创诗歌诗词会获奖作品选

只有知道其间的距离，才能指出相互的辽阔

外婆专注于守望和不朽

直到把自己站成了一座坟茔

远远望去像泥土捏成的水滴，似乎想和渠江融为一体

成为新的一生

再身轻如燕地拨醒沉睡的鱼群

"看哪，这大好春光……"

传统的河岸流苏般向天际生长

人们欣喜若狂地从世间另一头走来

我急促地敞开了年过半百的双手

拥抱他们在爱过的河面上缓缓流过的日子

以及祖先未竟而又意境深远的事业

如果有晨曦升起，足以用一行行深情文字

把江河迎上新的日头

渠县，北纬 30 度的泼墨与《诗经》（二首）

◆ 金　彪（江苏）

金彪，笔名瘦石别园，江苏省作协会员、《新长城文学》主编、《语文导报》编委，新写实主义发起人之一。曾获第六届珠江文学奖、第二届剑门蜀道诗歌奖、首届汨罗江诗歌奖、首届巩义杜甫国际诗歌奖、首届绿风诗歌奖、首届刘半农诗歌奖等，著有诗集《一壶江山》。

渠江谣

一群潇洒的水滴，自北向南

潜行的号子、农谚、偈语

从《水经》与《汉志》中昂起头

三汇镇喊了一声

水灵灵的大小通江，州河，巴河

便汇拢了百公里古老的美学、才情和乡愁

葳蕤的神迹里，我听见賨人在歌唱

那么多的分行，一路流淌

一个词追随着另一个词，誊写水天一色的狂欢

雄性的涛声，母性的浪花

抒情直白，将紧密的蓝撩得风生水起

令千年的风云沉浮有致

而万种期待，把清澈见底的鲜活镶嵌到灵魂里

有温度的流水，一次次照见春天的倒影

深藏三千的情笺和十万辽阔，没有裂缝

迤逦临摹北纬 30 度的泼墨与《诗经》

江上的木舟，水映的绿岸，群山的回诵

把澄碧的维度，无限拉长

透骨的蓝之下，生命的绝响连同新世纪的表情

留下光阴端坐的密宗

风泊其上，时间游走的声音并不苍老

拧干的往事，枯死的霜雪，由内向外奔腾

让血脉相连的土人，皈依一江水的慈悲

虔诚动用一千种唇齿相依的比喻

赞美快乐自由之上的暮色

神色谦卑的炊烟

年轻幸福的乡音，从瓦檐滴下

为此处人间解渴、上色

此刻，所有的静止与流动都是绝版的音符

浩荡的水墨丹青和诗经，都有著名的静谧和神秘

我啊了一声

一个明晃晃的词就轻轻亲吻了我

溅起一抹沦陷沧桑的渠江蓝

賨人谷，千年宕渠的叙事与抒情

我一直相信，华蓥山的巍峨

比不上賨人一声断喝的豪气

千年宕渠的抒情，比不上大坡林一场爱情的缠绵悱恻

这里的风是雄性的，这里的雨是浪漫的

苍茫间的故事，在《舆地纪胜》中彪悍

在青铜兵器上熠熠发光

一朵黄花，逼得悬崖临危峥嵘

至今只听渠江吟

倘若要将这深陷大山的叙事一一讲述

那么请走进賨人谷，走进千年前的沧桑

云深不知处，古老神秘的賨国

每一个章回都血脉偾张

每一个细节都激荡神秘

每一个场景都可歌可泣

踏上賨王桥，你大可想象自己是手执柳叶长剑的将军

那么多的虎纹戈和长矛

冲出洞穴，冲出山寨

将咄咄逼人的血性，交给铜鼓激越、澎湃

让石梯惊叹，让甬道逼仄，让栈道贴崖心跳

也让迟到的自己，忘记曾经的疼痛与哀伤

石灶，石床都在

这一连串活着的密码

青蛙石记得，老龙洞记得

龙湫瀑布记得，七彩湖记得

告诉我，也告诉所有人

一柄板楯，就是一个后蜀国

一曲《巴渝舞》和《竹枝歌》，就是一场史诗的吟诵

而一声声长长的呼啸，就是一座座雕刻厚重的精美汉阙

生生不息的响动和传说里

站起了一段文明

每一颗赴死之心，都能变成惊心动魄的静

賨人文化陈列馆，在苍翠中回肠荡气

此刻，我仿佛看见七姓子孙正从牧野凯旋

又从助刘兴汉的史册里走来

射虎除害，不只是为了减免税赋

战天斗地自强不息的人，终要成汉立国

让錞于和编钟的美妙之音，融进龙华寺的钟声

而后在土溪城坝上畅饮咂酒，跳舞

叫賨风吹绿乡愁，勾勒悲壮的族谱

更要让他的感慨，你的唏嘘，我的抒情

追赶不上而今渠县日新月异的美

以及装满鸟语花香的自在悠然

诗意宕集——渠县首届原创诗歌诗词会获奖作品选

渠县汉阙：站在大地上的长短句

◆ 胡云昌（重庆）

胡云昌，重庆日报报业集团《巴渝都市报》评论员、鲁迅文学院研修班学员。诗歌见《人民文学》《中国作家》《诗刊》《十月》《解放军文艺》《回族文学》《上海文学》等报刊。曾获得《人民文学》第一届"诗意济南·风雅历下"征文诗歌类一等奖、《诗刊》"春风八百里·井冈四十年"全国新诗大奖赛一等奖、《星星》诗刊"星星点灯"全国诗歌征文大赛特等奖、"太极实业杯"首届黄亚洲行吟诗歌奖国际大赛金奖等各类奖项200多个，作品入选多种选本。

1

以汉阙为引，将闪电导入大地
一朵野花，开出雷鸣
一株野草，立正
不断修正自身的影子，在倾斜的黑夜里

与一尊汉阙并立，正直自己的内心

让悲悯承前启后，与尘世构成险峻的平衡

2

渠县汉阙，站在大地上的长短句

参差不齐的历史，坚持竖排的叙述

像一片片巨大的竹简，立住了宕渠的中心思想

意象肥沃，意境深邃

人文风情，出没其间

我看见汉朝，正在起身

魏晋正从故纸堆里，出发

汉阙上的文字，在石头上打坐

在风雨里修行，庄严、静穆

让人心生可望而不可即的陡峭，阙上的名字不敢翻身

传自先秦的修辞和语法，正从石头上剥落

赋、比、兴，正凌空飞舞

时光的大笔潦草，章法斑驳

只剩下一笔秋风，在空中凌乱

3

汉阙临摹山川的风姿，雕刻古宕渠的千年气场

在一方顽石上，演绎沧海桑田

雕刻的人起身，无数的繁体汉字与炊烟

花瓣一样散落下来，堆积成一本矗立的石质汉书

古典的汉字，谦逊到石头的骨子里，锋芒内敛

用魏晋风骨，养大原版的古宕渠

一边厚重，一边辽阔，一边澄明

看着身边的野花，将自己的影子

一瓣一瓣，开碎

汉阙一次次，按住内心的荒芜

一年一年的追问，耽于石头的木讷与拘谨

而沉默被用于抵抗尘世的轻薄与浅陋

骤雨突起，一尊汉阙突然怀念起

冯焕不畏生死肃贪，以埋葬创造身后的悬崖

大地，看不出任何悲喜

肃穆的送葬者，还魂，重新进入人间

4

省略不了的地域，汉阙上镌刻的宗族

峭拔和隐喻，都是时间漏下的遗址

一尊汉阙，可以定住河流，镇住群山

拯救化为泥土的故人，保留落日的身份

散布在人间的足迹，被一尊汉阙征召

刻下岁月的纲要，对一个人的生或死

提纲挈领，对一个人的孤独与浮华

归类放置。远山、大地、落日

围绕一个人的重心，熬过人间的枯荣

爱过的，恨过的，都是汉阙上的一种祭祀

这样，凭吊的人才会觉得意义深远

时间的花边，轻佻

汉阙肩扛落日，压住了人间的轻浮

与流逝的光阴一边对峙，一边省悟

一悟遮风，一悟挡雨，一悟经霜，一悟傲雪

5

将一个姓氏，反复雕琢

刻下那些不可避免的兴衰与沧桑，种字词

造绝句，等归人

"冯"字，一个汉阙上高仿的姓氏

让人望而生畏1800多年，在石头上留下汉朝的一寸薄土

在土溪镇赵家村，冯焕阙模仿山脉的走势

用力雕刻出岁月的骨架，嶙峋得站不住影子

其实风雨都是肉身，易腐

一个人的名字，内含悬崖，不朽

汉阙立，丹青已老

6

在土溪镇汉亭村，两尊汉阙东西相对

东青龙，西白虎，将光阴分出层次

龙之逆鳞，虎之斑纹，宠辱不惊

一个"沈"字，运笔恣意，姿态飘逸

大汉的气度，汉隶的风度，宕渠的温度，历史的深度

石质汉书，日夜开卷

一笔一画，都与地平线垂直

沈府君阙双双揖手，正衣冠，将山河扛在肩上

遇落日，自带辉煌的手感

7

姓氏走丢，名字迷途

一个人的身世和渊源，隐于石头

阙身素面，无铭文，不事雕琢于姓名

沉默以对，抚平人世僭越的部分

在来历不明的人间，不是每一块骨头

都有名有姓，不是每一个脚印

都行不改名，坐不改姓

有的名字深陷疼痛，选择遗忘，选择留白

在渠县，蒲家湾无名阙、王家坪无名阙

赵家村东无名阙、赵家村西无名阙，人和名字下落不明

上有赤日悬顶，下有沃土埋骨

无名，无姓，无生卒年

纵使穷途，还有一方薄石藏身

丰收是沉甸甸的词，乡村不轻描淡写

◆ 陈忠龙（福建）

　　陈忠龙，中国诗歌学会会员、福建省作家协会会员。作品散见《人民文学》《诗刊》《星星》《杂文报》《中国铁路文学》《雨花》等报刊，入选各种文集。多次在《人民文学》《诗刊》《星星》《诗歌月刊》等举办的各级大赛上获奖。

1

三月，要夯高夯实田埂

一畦畦把春天网格化，除了用来盛一盛春光、春风

也是防止生了根的春雨跟随白云的倒影溜走

六月，要多添置些粮仓

好与八月的丰收对接

十一月，乡村要盖起大棚

给蔬菜瓜果大厦万间的宽敞与温暖

2

盘算着心事，老实巴交的乡村

用了许多蕴藉的旧词，泥土味的表达中

包含着绿油油、金灿灿、沉甸甸的意思

不善言辞的乡村，从不口不择言

说出的一字一词，都是精心挑选的

只有饱满、粒大、色相好的

才用来遣词造句，用来谋篇布局

做大田园诗的篇幅

他们知道，说出的玉米、高粱、甘蔗

很有可能会被搜集材料的诗人选取，所以要仔细地

　　鉴别

要反复地检查、整理、存优汰劣

以免影响诗句的流芳

佳作里，那些金光闪闪的词语，都是经过反复推敲的

诗意宕渠

——渠县首届原创诗歌诗词会获奖作品选

阳光和负氧离子的含量，都很足

因为与农谚不合、破坏生态的败笔，都被除去了

3

风言风语要删掉，与汗水为敌的害虫要消灭

不用农药的村庄，锄完了扰乱季节的杂草和贬义词

不是惯着蜜蜂，就是宠着蝴蝶

想跟向日葵、油菜花的哪一丛亲吻

喜欢戴洋槐、桂花、枇杷中的哪一朵，都任它们选择

嗡嗡嗡，几千驾小马车

把勤劳的乡风传承着，与乡村共建着栩栩然、甜蜜的
　　事业

4

早年吃过很多苦的老李，虽在另一隅

心里都觉得甜甜的

曾经破衣烂衫的张太婆，垄中抬头

把那披红挂绿斑斓的世界看了看

"可惜那时脑袋瓜无福，假的都得不到"
而后，慢慢地俯下身
继续与地瓜、花生深入交谈，他们彼此都知根知底

鸟儿参与进来的时候，一旁的柱子哥
就用稻子、小麦回复它们的多嘴

5

别看乡村老是在时光里重复，但不都是老调重弹的
你看，那个宽阔的柏水湖
就比去年多了一圈圈涟漪，水质的回响
很好听，那是鲫鱼、花鲢踊跃在弹拨
扣人心弦

乡村也不缺少姹紫嫣红的词汇
桃树、李树、橘树……每年都在提供

山间坡上，一树树绽放形成了对偶、排比的关系
房前屋后，它们做出各种姿态献花
恭祝家家五谷丰登，八节安康

诗意宕渠

——渠县首届原创诗歌诗词会获奖作品选

有的念着春联上的句子，把"年年有余"

"年丰人寿""百业兴隆""国泰民安"强调了好几遍

张家的牡丹花还出墙，向王家领了会开农机的媳妇
　　进门
表示热烈的祝贺，因为后继有望，能人辈出啊

6

总的说来，乡村是低调的
根子有很多——

至少桃子、李子、橘子，应当负责一部分
它们的根系扎得越深，结出的果子越大
可是仍不改传统的羞涩

叶子牵着清风，遮住圆圆的半边脸
说：仅是给美食谱提供一些逗号、句号和感叹号而已
还不够甜美、香脆，也不能当饭吃
真的不成敬意

7

岂止水果，石头也能当饭吃

山上的宝珠石、莲花石、棋盘石……

餐秀色的人们，愣是要把它们装进肺腑里，以弥补丘

　　壑的某些缺陷

岂止石头是粮食，父老乡亲的腰包

金山银山下做着的梦，也是粮食

绿水青山，是不是家底

是不是米香之外的积蓄

继蛙鸣之后，收听蝉声

是不是在金山银山之外有了额外的收成

——答案肯定得像实践检验过的真理一样，不可辩驳

8

与山水田园最亲的父老，用心血换取科学的数据

让土地肥沃

在肥沃的土地上，能比以前更从容地排除霜雪等暴力

　　的干扰

诗意宕渠

——渠县首届原创诗歌诗词会获奖作品选

摆脱狂风骤雨无理的纠缠，也坚决果断

一次次提取苗壮、葳蕤、饱满、香甜、脆润的词
更选取其中最贴近生活的含义，把丰收外延

是啊，他们有足够的理由
去定义丰收的权利

9

不再自言自语了，除了耐心听草芥的发言
乡村也会到网上去互动
比如，亩产如何破千斤
人均怎么超万元，年收咋样超计划……
健谈的乡亲们，"丰收""幸福"的话题
他们讲得深入浅出，讲得最接地气

至于庄稼提出的疑难问题，关于果香悠悠的志向
他们还常常拉来农技员，拉来电商进行探讨

有建议圆圆的蜜柚，应当去渠县认亲的
有主张要像渠县的黄花菜、秀岭茶、脆李那样
带着乡愁走遍天下

采撷渠县大地的诗意与乡愁（组诗）

◆ 程东斌（安徽）

程东斌，安徽六安人。中国诗歌学会会员、安徽省作家协会会员。作品散见于《诗刊》《星星》《绿风》《飞天》等。曾获得"卞之琳诗歌奖""淠河文学奖""乐至田园""剑门蜀道""最江南"诗歌大赛一等奖等。

渠县汉阙

走远方的人，故乡一直如影随形
那些炊烟、古树、石狮也矗立于他的回望中
假如步履太快，高大之物无法跟上
就会在寂寞中坍塌，他也就成了无家可归的人
脚下的路，就失去了源头

在渠县，一座座汉阙，固守着家园
阙在，就可找到我们的来路，甚至获悉

『巴賨游记』『丰收欢歌』合并赛事

自己是遗落于时光隧道中的兵卒。手中的兵器
尚未生锈，欲以返回的城郭，荡然无存
汉阙的后方屹立的宫殿和寺庙，眼睛看不见
只能用心跳撞响高悬的大钟
一颗心是一个人的钟，自发声响
一生中，被撞响的次数，寥寥无几

一缕出走的魂魄，潜入了陵墓
一缕漂泊的梵音，回归了庙堂。一枚枚汉字
遁入了一本本直立的汉书。辨认中的相拥
互诉中的泪水，激出渠县的一场喜雨
首先降落在汉阙的高檐上，形成瀑布
2000 年的时光悬崖，便有迹可循

与汉阙对望，石头里的人物，为渠县活了
2000 年。石头里的车马，奔跑了 2000 年，依然
没有跑出渠县一尊尊不散的乡愁
荆轲刺秦的利刃，隐于汉阙，是笔，撰写传奇
不改历史。是刀，雕刻家训，不斩风雨

一只鸟立在汉阙之巅，它比我早一步抵达

或许已和青龙、白虎探讨了天空与森林的辽阔

与朱雀、玄武交换了历史的鼻息，分享了

啄破时光帷幕的喜悦。鸟儿鸣叫不止

为姗姗来迟的子孙，解说一部厚重的汉书

声音清脆，操着渠县方言

賨人谷

两千多年前的賨人，面对夕阳，手握炭化的树枝

在绵延的华蓥山脉，画出古老的文字

甚至涂鸦出一段曲谱，自己却浑然不知

原始的墨迹透出了青绿，一部强悍尚武的民族史

因此而郁郁葱葱。写在青山上，青山遵循笔意

长成奇绝的身姿，引领炊烟、旋转太阳

写在碧水流淌或飞泻间

賨人的一曲乡愁，穿越了千年

写在石头上，石头就会被镂空。一个个幽洞的滥觞

源自一根根没有完全熄灭烟火的枝条

在幽洞里呼喊，声音摩擦洞壁中的磷，生出火

点亮时光甬道的灯盏

人影绰约，賨人与自己的后裔

在一场认亲的狂欢中，高举一罐罐咂酒

碰杯，痛饮。乡音未改，酒香依然如故

看得见的遗址落满月光的薄霜，能晕开賨人

指纹的印泥，佐证了一处原始家园

凸起了史册上的斑驳与苍茫

看不见的遗址，养在渠县人的骨头和血液里

比如勇敢与智慧，勤劳与歌声

巨大的青蛙与奇石，不必厘清谁是谁的铠甲

谁是谁的肉身？深谙节气、豢养鼓点的神物

为賨人喊来种植的佳期，为一季季的丰收庆贺

而鼓动着山水的肺叶。寻根问祖的人

看这尊石头，像一只神犬，等一声震彻山谷的长啸

撕裂乡愁，唤回雕刻在飞瀑上的箴言

诗意宕集

——渠县首届原创诗歌诗词会获奖作品选

巴渝舞

武王伐纣，牧野之战。前歌后舞的賨人
将巴渝舞演绎得淋漓尽致
执看挺仗的古巴人，剽悍的身体泛着原始的釉彩
武舞的魅影，放逐出了虎豹

吼声震彻山谷，也在将士们的血管里，掀起波澜
賨人释放骨头的脆响，和着星光，调出一剂药
是将士们喝下的兴奋剂、壮胆的美酒
为战争而生的巴渝舞，在冷兵器的锋刃上
滋生出鲜红的花朵
如血。滴落，浸染了千年的历史卷帙

以战止战，才是巴渝舞恪守的初心
不说登堂入室的荣耀
只痴迷蹚过岁月的舞步
踩着历史的鼓点，一次次为賨人招魂、立传

那饱满的稻穗正如约而来①

◆ 何倔舟（四川）

何倔舟，四川省诗歌学会会员、达州市作家协会会员、达州市评论家协会会员、渠县作家协会副主席。作品散见于《四川文学》《星星》《中国诗界》等刊物，曾获"中国·达州元九登高节广场赛诗会"全国诗歌大赛奖、第二届渠江文艺奖等，与人合著有文集《萝卜青菜》。

1

其实，说到稼穑，说到丰收
宕渠的先民有一万种理由
把它们制成荣耀的花环戴在头上
一边在《华阳国志》的厚重里炫耀
一边在城坝那深深浅浅的黑土上狂欢

---

① 本诗获最佳人气奖。

2

是的，如果我们将时光倒叙

插秧机、收割机、旋耕机都还属于古人的科幻

那时只有血肉铸造的手，只有青铜铸造的手

只有一双双裹满泥浆而又涤荡生机的手

贫瘠的土地就燃烧成了篝火

金黄的稻浪，就融化成了渠江欢腾的歌

3

是的，劳动是一种高贵，也是一种基因

因而我们乐此不疲，并肆无忌惮

而我们忽略了的是，脱离于词性之外

蹲下去，我们并不比一株麦黍更高

站起来，那只是因为大地愿意支撑

4

所以今夏的阳光如此锐利

用43度的高温，嘲讽一座城邦的野心

天色由清而浊，空气从温柔到狰狞

乃至阳台上，那从不知饥渴为何物的仙人球

都不敢再任性，而在更广袤的田野上

无奈的稻穗，只能听天由命

5

失去流水的大地，是喑哑的

只有拨开那些断壁残垣，和远古的赛人

来一场粗犷的交谈，你才会发现

古赛都的城池还在，古铜色的肌肤还在

从八濛山到文峰山，从渠县城到三江源

每一根青筋，都可以暴涨成一条河流

每一副肩背，都可以重新屹立成那支传奇的虎贲

6

我们应该和失色的天空谈判，或者

和失衡的自然和解，但我们从不与柔弱谈生死

是一片荆棘，也要在荆棘里栽种花园

给一块石头，就要在石头上雕刻出骨头

三千年的族谱自成体系，那射过白虎的弓弩

随时可以缝合这龟裂了的土地

诗意宕渠

——渠县首届原创诗歌诗词会获奖作品选

7

蚕丛及鱼凫以高峻谱史，冯焕和冯绲用汉阙作赋

把沧桑的陵阙书写成了一种气度

从此西风不再衰老，稗苗不再卑微

刚劲的巴渝舞在宕渠之上倔强地舞了千年

并以一种骄傲的姿态

蔑视所有的电闪雷鸣和磅礴风雨

8

因此，不必在一次辞藻的偶然破碎中

对田野的丰腴有任何质疑

劲勇和坚韧是我们从未改变过的母语

你看那妩媚的黄花，醉斜的炊烟

还有那些野火烧不尽的雏菊花、芨芨草、常青藤……

它们又开始和群山尽情嬉戏

它们都是车骑之城亘古不变的隐喻

9

痛饮一斛賨人清酒吧，没有理由不昂起头颅

宕渠的车轮在飞驰，葳蕤的原野在飞驰

淬火而生后，饱满的稻穗也正在如约而来

吐芽、拔节、抽穗、灌浆

每一根触须都从血液里生长出来

用一种金色的质感，泼洒丰收的油画

而待水满田畴时

我将被那生生不息的渠江，引渡上岸

渠县：一次蝶变，写意万亩良田（组诗）

◆ 方应平（安徽）

方应平，安徽省望江县人，作品发表于《十月》《辽河》等，多次获全国诗歌大赛奖，并入选多个版本。

1

举一枚肥沃，安养一块块农田，有庆镇丰腴了
卷落的光芒和册页，上面书写粮油现代农业园区

低首与抬头，咬破蝶变，流淌一泻千里
那是良田在念诵，阳光的静音，洒遍万亩柔曼
惊起一群麻雀，吐放鸣声，瘦成一缕空旷

啄起时光，在冬的凋零，把水田弯下四季抚弄
三五成群的鸭子，叫醒昨天丰收的脉搏

把觅食的平静，押韵旁若无人，词牌成歌谣

风光在辞退冬天，把春天招上门，浇灌明天
试卷一样铺在田间地头，幸亏只有加法和减法

2

田块上的一扎一扎草，割下一片辽阔
已变成田成方、路成网、渠相连，垄起高效农田

水流的宣纸，光阴刻着成长的漫笔
抵达农田旱涝保收，词语期盼几代农民的每一笔

渠县，怀拥一望无际
把工业变成农业，产出春暖花开

把金黄的油菜花田，变成网红打卡地
卷起利用率、生产效率、产值收益
种植和耕耘一片

诗意宕渠
——渠县首届原创诗歌诗词会获奖作品选

3

农田的阳光，交给一片良田滋养
渠县的磅礴，雕琢一个农业大县，丰收听令

取一粒种子，壮大现代农业园区的勤劳
月光的声音和收益，缝制
一起把水田的迂回，建设成为标准化

渠县的声音，流淌在时光隧道，浸润田野
手中的农具尚未生锈，获悉在变成词韵
春走了，夏的一粒泥，汗水湿透

种子马上蝶变，把粮食一碗一碗递给粮仓
万亩的豪情，书写五千年的美
一个汉字和一粒谷子，装修一个赤子的心

4

一只鸟，在水田里，啄起乡愁的笔画
用笔，用刀，篆刻一片两千年之最

郁郁葱葱的水音，如同弹奏万亩沃野的律令

写在老百姓的心坎，写在每一泓清澈
写在每一粒粮食的汗珠上，人影依稀
舀一碗乡音痛饮，等于引入良田的波澜

丰收的血汗，流淌福祉，流淌祥和
嬗变和石头一样坚硬，在水里养育方言

一年一年的汉书，手持梵音，记载沧海桑田
古宕渠的水音，生成不朽，如一块良田怀想渠县
写意的万亩良田，收获月光下的墨迹绘出故园

赛都秋天里（组诗）

◆ 李　洪（重庆）

李洪，重庆市作家协会会员、中国诗歌学会会员。著有长篇小说《剑影情仇录》《断臂无言》《决斗》，中篇小说《乡村葬礼》，诗集《独自轻唱》《红尘·烟火·流年》。作品散见《诗歌月刊》《延河》《鸭绿江》《参花》《奔流》《辽河》《速读》《重庆日报》《民族时报》等，有作品入选《中国作家网精品文选：灯盏·2019（下卷）》。

稻子熟了

蝉最先知道，站在靠近云朵的树顶
向过往行人大声传递着喜讯

母亲换上了花衣，走到清扫干净的晒谷场边
将镰的锋利和喜悦，挂在了
可以听见鸟儿欢鸣的楸树枝头

醉酒的风举着祭祀的刀，从坡顶跑到山脚

一路掐算着开镰的日子

背阴处几丛略显孤独的青

也被引领着，汇入浩浩荡荡的玄黄

秋

向日葵紧随玉米之后，在日落之前收头

镰刀还亮着，母亲一再占卜的吉日

从长着蝉鸣的山冈溜下来

逼近起风的稻田

与三只黄鸟挤在一起，回味有关葡萄的细节

叶子挡住了影子，无法看清

侧头瞄我的萤火虫，是不是离开时

尾随到山口的那只

转过油麻地，依然愿意站成一株野菊

等待九月初九夜那一声蛩吟

待意宫集
——渠县首届原创诗歌诗词会获奖作品选

秋天里

母亲无法伸直的身子

立在被晒熟的乡下

身后是哗哗作响的稻田

玉米回家的路

从三岔口折返

翻过青冈岭和响水沟

与下山的羊群

在母亲的吆喝声里相遇

喜讯隐藏在葡萄树下

早已露出端倪

蚱蜢和黄蚂蚁正在赶来

红尾鲤跃出水面

朝着翠冠梨溢出香味的方向张望

半坡上，开花的丝瓜蔓和南瓜藤站在一起

围住躬身的高粱问询

那群举着火把返回的人

到了哪里

渠江，灌溉我的不只是水

◆ 陈中勇（四川）

陈中勇，笔名陈泓，作品散见于《作家文苑报》《精短小说》《四川人文》《武侯文艺》《四川农村日报》《长江诗歌》《天下诗歌》等报刊。获首届"新星杯"全国诗歌征文"优秀新星诗人"称号、第 31 届成都桃花诗会优秀奖，以及第三届大竹县文艺奖等。出版诗合集《情路之上》《一粒沙的梦想》。

渠江，我从浪花里打捞出稻香

从汗水里提取金黄

汗水比黄金更贵

是浓缩的画图和梦想

它能裂变出无数的谷子

它能买断饥荒的声音

它能带给人们充分的满足感

诗意宕渠
——渠县首届原创诗歌诗词会获奖作品选

渠江，我从你的波光里找出黄花的光芒

找出金针早、青龙花、三月花

猛子花、冲里花等不同的芬芳

我能找到的每一朵都是那么秀色可餐

黄花姑娘，你金针别着荣耀

袖里藏着乾坤

渠江，我在高粱里发散的哑酒香找到沉醉

绯红的高粱努力与鲜红的血液

达成某种协议

发酵产生的质变

需要一根吸管做桥梁

让生命与生命的沟通变得欢畅

渠江，我无意在三汇产生醋意

只想在酸意里找回丢失的味蕾

糯米、高粱、小麦已不满足原汁原味

粉碎、蒸馏、发酵后的身份转变

你开始有了新的头衔

你升华成一个响亮的品牌

不再局限于小码头
而是走向大世界

渠江，你扬起水做的长鞭
抽响渠江号子
拉动宕渠大地锋利的犁铧
而不是背负沉重的负担
你扬起水做的长鞭
抽响四季农歌
宕渠大地随着节气起舞
种瓜得瓜，种豆得豆
奔腾的浪花是万花之母
让青涩抵达成熟

渠江，你是升腾的那道炊烟
勾画出人间温暖
你是颤悠的那条扁担
担起新时代的重担
你是悦耳的那根琴弦

诗意宕渠

——渠县首届原创诗歌诗词会获奖作品选

奏响和谐的乐章

你是耐得住寂寞的那根钓鱼竿

默默守候在温柔的港湾

渠江，灌溉我的不只是水

是启蒙，生根，发芽

是分支扩散，发扬光大

是能走出去又回得来的那条路

是打得进来又拨得出去的那条线

渠江，今夜我无意撩拨你的风情

也不刻意卖弄我的多情

此刻，夜深不及我的乡愁

印象渠县，在一束束新词的隐喻中述说丰收、田园和梦境（组诗）

◆ 曹　新（四川）

　　曹新，中国诗歌学会、四川省作家协会会员，达州市作家协会、达州市诗词协会副秘书长。作品散见于《解放军文艺》《延河》《西藏日报》等。获中国诗歌学会首届"女性诗歌周"征文一等奖、中国诗歌学会"人祖山"征文现代诗歌一等奖、第二届杨牧诗歌奖三等奖、《诗刊社》和中国诗歌学会第五届"张家界国际诗歌节"优秀奖等。作品被译成多种语言，入选七十多种选本。

1

最初迷人的蝴蝶，尽情地招手
原野上，小鸟粉嫩地啼叫
缓缓将乡愁收拢，挥毫与泼墨

层层烟雾，袅娜向上，一种愉悦的方式
农耕的记忆，横亘

被一幅美图及乡音吸引，花朵害羞

一季又一季的金秋，大地五谷丰登
星星在闪烁，都有沉甸甸的收获
一记记乡愁，一次次在罗盘上显影，之后渴望

丰收的咏唱，与枫叶一起红
唐诗的韵律，摆动
露天的丰收舞台，歌吟耕耘，一封封家书难以描述

2

嫩芽初上，一根红绳荡漾，呢喃着丰收的歌谣
成群的牛羊，掩盖不住拔节的声音
由青到黄，由黄到白
汗水与新鲜发酵成醌酒，醉了一个个丰收节

置放一把竖琴，浓香献给了祈福
甜美的领唱，而我对渠江更加迷恋，甚难忘记
目光潺潺，埋伏着惊喜

钟情于马蹄般的奔驰，敞亮着心扉，点一盏灯
拉长的身影，丘陵下的诗篇
在宕渠大地，绵延不断

碧瑶湾万花齐放，以一种鲜艳代替另一种鲜艳
将满城的故事深藏，游子的唇边溢出自豪
一抹恋情，一地相思

3

是怎样的绽放，田园的韵脚，依旧端庄
在麦穗面前，闪动着黑色眼睛
把一场丰富的想象，交给一场及时雨
很多时候，土地传唱春语

五谷服从于自然，赤着脚，从生长中获得真知
千百年的耕种文化，在田野上雕刻着图谱
文峰塔，锁住美丽村庄的意象，一只只失眠的鱼翘首

大豆、高粱、玉米……
香韵的前世今生，轮回的草木都会含着热泪

一片云，留下眷恋

一纸的芳菲，一只苍鹰的落地

4

早醒的布谷鸟，那么多爱与被爱

村庄向北，交出一片秋色

灵巧的身子，镰刀举起，画出一只只蝴蝶的轮廓

沃野至上，谷物满仓

沸腾的农家院落，一口井水，孕育出刚强

几片花瓣，轻轻踱步

一株株谦卑的黄花，向寳人谷低头

吁一口气，房檐之下，悬挂着大蒜和辣椒

桌上的大刀丸子，黄亮亮，撕扯着心绪

譬如渠水扬歌，洁白的浪花是主角

古典的字词，仿佛从老龙洞慢慢地走出来

光线，在山间照耀，富足的归宿

无须等到葱郁的时刻，火烧云映射天宇

在文化和植物的交接点上，一个古老的族群在探索

相拥而坐，新时代的竹艺，驰名海外

根须的精灵，动用竹子的迁徙，为刘氏竹编写下动人的
　　诗行

5

半亩诗意，桃花，举出温暖而绯色的身体

在夜色中诵读，摄人魂魄的丰收词

古老的乡村，与纷呈勾兑，双手捧着一束束黄花

有美延伸，欢畅与荣光，洒在宕渠的版图上

难以打开石头的书页，汹涌的情愫波动

长久沉淀吧！这不只是一种氛围，更是季节的恩赐

一声鸟鸣，叩开了炊烟的缭绕

雁鸣，采集着丰收的影子，血液温暖

你来与不来，彩亭都会高高耸立

众人欢呼，经过洗礼的田园，大放异彩

抒写渠县的厚重，从一个个汉字开始

6

风吹开田野的辽阔，再一次，与一株红高粱不期而遇
珠圆玉润的小调，一袭青衫，抚摸着渠县农家的脉搏
寻寻觅觅，我反复打量一弯晓月的寓意
丰收的胸膛，豢养着一丝丝宁静和沉思

季节的纽扣被慢慢解开，野草都具有年代感
认真地挑水，认真地浇灌，把晨曦一同注入土地
灵魂不出声，锄头上沾满乡愁

举杯哑酒，一杯敬亲人，一杯敬田园，一杯敬客人
吟唱丰收诗歌，吟出滂沱大词
碧色的山水，美味的三汇水八块，合拍了一曲豪放酒令

7

镜像中的宕渠城，又翻开一页
一道深刻的界限，如篝火点燃了的喜悦

散落的梦，像芦苇，细数着芳菲日子

风调雨顺的表情，兑现了秋天的诺言

农夫的汗水，被珍藏，还原布衣的价值

渠江，还捧着七尊汉阙

千年之风韵尚存，千年光芒为旧事，山歌里有欢颜和
　锦绣

丰收的时节，你我交谈着心血的分量

渐渐有醉意，文庙前的风，不再弯曲

最终，宕渠陷入甜蜜和丰腴之中

我悄悄地将一朵朵植物的图腾和生命的传奇，翻译成
　明喻

春日登寰人谷所作

◆ 钟　宇（江西）

钟宇，中国楹联学会会员、中华对联文化研究院研究员、江西省诗词学会会员、中华国粹论坛超级版主。在全国诗词联赋大赛中获奖 400 余次，部分作品在国内名胜景点镌刻、悬挂、收藏。

烟岫参差环秀水，华蓥山上春旖旎。

江畔清风排闼来，天际旭日喷薄起。

沿山一径渐入幽，千寻飞瀑下龙漱。

汲水虹垂雨初歇，潋滟湖中七彩流。

欲访川东小九寨，雾锁山关云锁隘。

茂林修竹夹花溪，尘音渐杳临仙界。

依山生息众巴民，料是居偏为避秦。

渊明记里桃源客，安得逍遥似寰人。

伐木垦荒田数亩，稼尽春阳耕夏雨。

陶然胜地花果香，快哉巴寨风月主。

『巴寰游记』『丰收欢歌』合并赛事

山上为樵河里渔，浮云竹筏两徐徐。
谁家儿郎追梦去，数点白帆出宕渠。
賨国都城留遗址，沧桑历历巴民史。
文明肇迹始于秦，赓续至今犹未已。
賨人耕读度春秋，我今闲作山水游。
喜从丽峡争戏蝶，忘尽机心且盟鸥。
出得深山香满袖，一湖奇水风吹皱。
花明总在月明时，水蓝复把天蓝透。
良辰美景两难违，正值兴浓忍辞归。
几度夜呼賨人谷，乔迁梦鸟正飞飞。

凤栖梧·漫游赛人谷

◆ 陈东彩（广东）

陈东彩，笔名晓梦，原籍河南，现居广州，从事教育工作。中华诗词学会会员、广东省作协会员、《当代诗词》编辑。作品散见于《中华诗词》《中华诗教》《当代诗词》《诗刊》《诗潮》《诗词报》等报刊及相关图书集萃。

一谷瑰奇谁是主。幽洞深林，怪石多天趣。隔断红尘云气聚。羲皇以上人曾住。

木栈悠悠通太古。山鸟绵蛮，疑是先秦语。尽日流连轻莫去。重来还怕迷行路。

西江月 · 渠县丰年

◆ 谢 丹 (广东)

谢丹，女，教师，曾获诗刊社全国诗词大赛一等奖。

风暖千家赛调，金披万亩黄花。稻香蛙唱亦清嘉，妆点粉墙黛瓦。

屏里送迎嘉客，村头来往轻车。殷勤笑语奉春茶①，新货明朝上架。

---

① 此处指"秀岭春天"绿茶。

诗意宕渠

——渠县首届原创诗歌诗词会获奖作品选

宕渠黄花菜大丰收

◆ 生吉俐（北京）

生吉俐，女，"70 后"，生于山东，现居北京。中国音乐协会会员、中国音乐文学学会理事、中国楹联学会会员，被聘为央企音乐艺术委员会专家委员。代表作品歌曲《留守的孩子》。参加全国诗词楹联比赛获奖百余次。

巴风缱绻意徜徉，山水相成画一张。

出彩篇中谁笔墨，忘忧境里我家乡。

二三焦点推长镜，十万金针绣小康。

此色竟将秋占尽，主题深到切花黄。

『巴赛游记』『丰收欢歌』合并赛事

渠县黄花菜丰收即目

◆ 郭宝国（河北）

郭宝国，笔名一苇。雄安新区安新县人。中华诗词学会会员、河北省作家协会会员。曾获"足荣杯"（戊戌）年度好诗词奖、第六届"诗兴开封"国际诗歌大赛二等奖、第三届国际诗酒文化大会征文旧体诗社会组铜奖等。出版有《一苇集》。

春风铺锦到三巴，田埂农夫是卖家。

直播间中声鼎沸，订单刷爆宕渠花。

[中吕·快活三带过朝天子四边静]

渠县土溪城坝村花海专题摄影（新韵）

◆ 王兴一（陕西）

王兴一，中华诗词学会会员、陕西省诗词学会副秘书长、陕西省散曲学会理事。出版有个人诗词篆刻集《锄月集》。

结伴渠江觅早霞，欣看遍野拖繁华。忘情高举美能达，把春色咔嚓一下捉拿呀！

绿洼，紫崖，抻开一段风情画。顶开新蕊好抽芽，按下快门才一霎。一霎儿曼妙奇葩。一霎儿东风惊诧。一霎儿姹紫明黄染脸颊。是花？是她？拧乱光圈罢！

田畴风飒，金蕊青枝摇晚霞，云雀儿团笼咱三脚架，拿我也融朦胧画，一匣野趣都捎到家。把巴风、川韵、巴山、川水都装下。

鹧鸪天 · 渠县美丽乡村

◆ 孙洪伟（辽宁）

孙洪伟，幼承庭训，耕读传家，风族诗社社长。获朝那湫杯全国诗词大赛二等奖、秦都杯全国楹联大赛三等奖、谢灵运杯诗词大赛三等奖、杏汾杯诗词大赛三等奖、茨淮新河纪念馆诗词大赛一等奖、白帝城国际诗词大赛银奖等。

幸福铺笺底色匀，轻呵彩笔画图新。天边绿稻铺成梦，岭上黄花叠作云。

生态景，小康村。渠江碧水浣纤尘。我从旧日荷塘过，掬起乡愁月一轮。

水调歌头·渠县放歌

◆ 苏　俊（广东）

苏俊，高州人。曾任 CCTV-1 时代楷模发布厅特约撰稿人，现为中国楹联学会对联文化研究院评论部主任。自 2015 年起连续六年荣获中国对联创作奖、金奖提名，并获 2019 年度中国对联创作奖金奖。多次担任全国诗联大赛终审评委。

山是宕渠骨，水是宕渠眸。我随春脚而至，直入画图游。指点賨都阙里，领略商风汉韵[1]，千载梦悠悠。吟屐遍西蜀，偏爱此间留。

品黄花，斟玉液，醉高楼。万家同祝，寰球无恙尽忘忧[2]。试看巴渝古舞，更听竹枝新唱，情味酿心头。好趁中兴世，慷慨赋神州！

---

[1] "指点賨都阙里，领略商风汉韵"，指賨人起源于商代，阙为汉阙。

[2] "寰球无恙尽忘忧"，指黄花（金针菜），又名忘忧草。忘，平仄两用字，此处作平声。

虞美人·秋色遍黄花

◆ 皖　心（江西）

皖心，原名王先桃，女，籍贯安徽，现居赣州，乐于写作，喜欢在俗世的烟火里用文字取暖。爱旅游，爱摄影，善写游记。中国国土资源作家协会会员、赣州市作家协会会员。

金风遍染赟人谷，又见花成簇。黄花深处是谁家？偎着山前一抹夕阳斜。

秋光最是川巴好，缱绻情难了。几分秋色上人腮，赢得丰收等得美人来。

咏賨人谷（外一首）

◆眭　珊（广西）

眭珊，女，网名子曰、瀚海沙等，笃好诗词楹联。2016 年以来，诗词曲作品时有发表。2018 年以来，参加全国诗词楹联赛事并多次获奖。

谷壑潺湲曲水奇，嶙峋怪石竞参差。
岸多兰草香能掬，蝶绕栏杆翼不疲。
賨旅已随皇汉远，屐痕俱是故人遗。
笙吹簌簌秋华落，一曲情深惹我思。

水调歌头·故乡花事

夜枕他乡月，梦里每思家。几番风雨萍泊，悲喜度年华。又是春天时节，且看故乡花事，四野遍黄花。谁在花间笑，问候向天涯。

视频里，繁似锦，簇如霞。千重蜀绣，装扮山水太豪奢。多少心中忧绪，竟已悄然忘却，陶醉在川巴。炫我乡村景，颜色独清嘉。

游黄花村[1]

◆ 贾建明（四川）

贾建明，渠县人，现居成都市，诗歌爱好者，成都市诗词楹联学会会员。诗词作品散见于《成都诗词》《草堂诗社》《特区诗刊》《永川诗苑》等刊物。

望江夏日覆黄绸，坎下金针绕白楼。
谁在平田初试手，织成画卷挂山头。

---

① 本诗获最佳人气奖。

诗意宕渠——渠县首届原创诗歌诗词会获奖作品选

竹枝词渠县呷酒（外一首）

◆ 马峥嵘（北京）

马峥嵘，笔名月明，北京人，自幼爱好古诗词，闲暇创作以自娱，倡导古诗词要顺应时代发展。

瓦罐频传香气流，桃花开在两腮羞。

一家酿酒全村醉，也把夕阳醉上头。

江城子·渠县的向往生活（新韵）

小村一角许结庐，一墙书，一窗竹。一圃黄花、一树有啼鸪。一道矮篱能唤友，来呷酒、醉相扶。

圈中鸡犬垄中蔬，草常锄，笔闲涂。爱画青山、爱画你眉芜。画到眉如山妩媚，真得意、向山呼。